岡井隆

歌集

あばな

阿婆世

砂子屋書房

提供・岡井恵里子

岡井隆歌集『阿婆世（あばな）』＊目　次

Ⅰ

装本・倉本　修

歌集 阿婆世

あばな

I

卒寿新年に憶ふ

壁白き廊下を歩く気配がする。隆《たかし》さんと呼ぶ声の鋭さ

蒼いかげが壁の凹凸を明からめる。こころの部屋に命令が降《ふ》る

ひむがしの野《ぬ》にかぎろひの立つやうに新年よ来よ　つて言つたつてよい

背後には軍の動きがあるやうだどの石もどの石も蒼白

明日《あす》癒《いや》されるなどと思ふな虹色《にじいろ》の渇きをふかく疑ふがよい

冷ややかな好奇心のみ（それでいい）性愛は使ひ捨てられた花

真昼から昼が生まれる。自《し》が糞便《コート》よりも先へは進んでならぬ

境涯《きやうがい》つて石があるのを忘れるな夜明けとそして　朝のあひだに

薔薇の根方《ねかた》に未来図がない――大切にしまつて置いた筈なのに、なあ

風が苦しみ始めたやうだわたくしの深い疲労に気付いたらしい

▽世界で一番有名な歌は

この問ひに直ぐに答へられないのは、短歌型式を思ふからでもあります。しかし、思ひ切つて言へば、

君が代は千代に八千代にさざれ石の巌《いはほ》となりてこけのむすまで

でせう。

また、これは短歌型式ではありませんが、たしか、上代歌謡にあつた筈の

海ゆかば水浸くかばね
山ゆかば草むすかばね
大君の辺《へ》にこそ死なめ
かへりみはせじ

も、わたしの好きな歌です。

「君」とか「大君」といふのは宗教的絶対者を指すものと考へてゐます。

消化管出血を疑はれし後　即時

あちら側から近づいて来る鳥があるどうすればいいか妻に諮《はか》りぬ

翼燃えて近づく鳥だ夕日さす原だからちよつと行き過ぎにくい

死といふはあんな翼を持つのかも知れぬ蒼ざめて空を飛んでる

☆

昨日午後主治医の告げし診断が王権《わうけん》のやうにわれを支配す

それはまだ確実でない診断だしかし黄鳥《きてう》は飛び交ひ止まぬ

身体《しんたい》がたましひの主《しゆ》であるやうに此の数日は過ぎむとぞする

ヘマトクリット値《ち》の激減《げきげん》を告げられて声失ひぬ元《もと》内科医われ

胃カメラが明日に迫りて朝霧の不安のなかで歌集ゲラ読む

五十八歳の時の大吐血を思ひ出した。

酒のみつつ原稿書きし夜半ながらおびただしき血が机辺染めたり

医師官舎棲まひの故《ゆゑ》に急速な処置ができたと今さらに思ふ

隣人の外科医をよびて胃カメラを受けたる記憶、血の中の管《くだ》十二指腸潰瘍による出血と判った。

医師われがわが病棟に入院せり果実ころげて鎮《しづ》まるに似て

一箇月入院ののち職場復帰した。

その後は酒を断ちたり今日《こんにち》の長寿みちびく泉《いづみ》なりしよ

そして今日胃カメラを待つ肉体は卒寿にちかくおびえ止まざる

向うから来て河わたるときのまに卵の殻《から》は割り捨てられつ

その前に超音波《エコオ》検査があった。

息《いき》を止めよ再び吐けと命じ来る女声の下によこたはりつつ

ルネサンス時代の音を連れながらエコオ機はゆくわが腹壁《ふくへき》を

時に笑ひ声たつ女性検査士。

冬草の原ゆく犬のかしましき声を思へば静かなるエコオ

エコオ機はわが下腹部をすべりつつパイプオルガンほどに唱《うた》ひつ

日没のあとの木立の黄や紅《あか》の枯葉の上をわたる心地だ

数かぎりなきドングリのころがれる木下《こした》の道を連想したり

そのすべてを夕日が染めてゐるのだがエコオ機はゆく音だけ連れて

そしてその翌日は胃カメラだつた。

ドロップ状麻酔薬のどを宥《なだ》めたりその先に青空があればとねがふ

黒き管《くだ》ゆつくりと這ふ蛇《スネーク》の、いま食道をすすめるが見ゆ

胃体部《たいぶ》に出血斑《しゆつけつはん》を見いでたるスネークはじつと見てゐるところ

兄弟《きやうだい》のスネークゆきてポリープをつまむとみれば　終了《しゆうれう》ちかし

消化器科医の説明をきく。

結論はもちこされつつきびしかり妻と並びてききつつゐたり

新しき年に向かひて歩むなか翼あかき鳥に逢へればよいが

妻ともどもゆるやかな坂にかかりたり新年はすぐそこに来てゐる

存在せぬ場所からぶらりとやつて来る新年の犬にパンを与へむ

卒寿の新年

霧ふかき朝を目ざめてなにものも見えぬ現在《うつつ》をわれはよろこぶ

再読し三読すれば新しき流れせせらぐ君の詩歌は

森鷗外、斎藤茂吉を論じつつわが八十代過ぎむとぞする

医師にして文人といふは成り立ちしや木下杢太郎あはれ危ふし

わが妻と夕日の作る樹の影の下ゆくときは後《のち》の世めくを

死者たちが夢に出て来てそそのかす道は結構爪先下がり

しづけさやわが生き方を変へるべく姿なき鳥の声にしたがふ

戦後迷犬伝

占領下日本のことだつた。

小牛ほどのグレート・デーンを引き連れて銀座街頭を米兵歩む

名古屋、武平《ぶへい》町界隈のこと。

野犬屯《たむろ》する街角《まちかど》を性愛になやむ少年として過ぎたりき

チヤウチヤウの茶色の雄だつた。

家主《いへぬし》に従ふ性《さが》をあはれみつつ彼《かれ》に見送られてその家を去る

玄関の鉢に合鍵をかくしたり見送る彼《かれ》に見つめられつつ

老女の連れた黒い犬だ。
夕ぐれの椅子に憩《いこ》へる老残のわが靴を嗅ぐダックス・フント

妻と公園散歩三千歩を日課にしてゐる。

飼ふことはこの後もつひにあらざらむ緋の衣着て嘻嘻と寄り来る

犬たちの語らぬことを語るとき関係は死を迎へるだらう

命令と合図

休息の命令とそして枝道《えだみち》に入れとの合図が今朝とどきたり

休めつていふ命令はよくわかるしかし枝道つてどこなんだらう

見おぼえのある字の大き茶封筒すぐにはあける気にはさせない

花たちが唱つてるなんて残酷な嘘だかれらは暗い、ぼくより

大戸屋で黒酢野菜を食べたあと細流で脚を濯ひ合つてる

枝道つて此の川のことかも知れぬ泥の臭ひが少ししてゐた

南から関東平野に雨が来る情報の中に佇立《ちよりつ》してゐる

同伴者

一旦はあきらめたことに手をつける樹にまとひつく風花つて所《とこ》

メロディアを口遊む妻かかる日に会ひえたる幸は過誤ぢやあるまい

同伴者つて昔左翼にゐたつけが雨中よりそふ薔薇でありたい

成熟した蜜蜂ならば揺れてゐる薔薇そして雨に飛び立ちはせぬ

たましひにもし道筋があるとして小道《こみち》小溝《こみぞ》を走らうね　水

眞子《まこ》さまのお歌難問と申し上ぐ助詞の爪もて答へ出したが

ばらばらの終局へ行く道すがら鉄の蜜蜂につきまとはれむ

歌集は冬草

寂しいほど月が近いと言ひながら妻とふたりの夜半《よは》の芥《ごみ》捨て

ぞろぞろと死者の出て来る夢の中三十年ぶりに煙草を喫ひぬ

死後的なつき合ひもあると死者きみは灰《グレイ》いろの掌《てのひら》をひろげて言つた

公園を一めぐりする三千歩夕日影ながく長く延びたれ

そを見つつ妻と歩けば冬草は歌集、夕影は帯文、揺れて

芸術院会員影像をとられながら歌歴を語る

人生つて闘争でせう、仇敵との。さう言ひながらわれは微笑む

随時　六首

夜ふかくわが死後の処置を話し合ひ朝開けぬれば雨が降つてた

ぼくの中を流れつづける濁流ははげしくはないがやはり苦しい

わが胸を走る超音波《エコオ》の鼠雲「大丈夫だよ」と啼き声きこゆ

暗い眼に声かけむとすわが咽《のど》の涸れし低音に水やりながら

過去といふプールを泳ぎ朝岸《あさぎし》へ。（平泳《ひらおよぎ》には息継ぎがない！）

昨夜《きぞ》と今朝《けさ》を糊づけむとするスティックはあはれ鎮魂歌《レクイエム》に打ちおとされつ

現代短歌二〇一六年十二月号より改作。

随時

都議選の明けたあくる日　一日市《ひといち》を思ふ岡井家の墓のある町

一日《ついたち》に市《いち》が立つ故一日市といふにやあらむ川沿ひの町

市《いち》が立ち物たづさへて人が寄りそこには神も立ち寄りしとぞ

いまは竹にすべて覆はれ墓石《はかいし》は見えずなりしを思ひ出だしつ

妻がいま帰つて来たその音がする。午後はこれから深まるだらう

ヨーヨーマのバッハ無伴奏組曲が昼食に添ふ　午後のはじまり

二〇一三年の関口涼子との共著より選出

鼻汁、雨だれ

書きながら絶えず鼻かむ　透明な鼻汁が流れ止まぬ朝《あした》に

どうしてか朝はとりわけ水鼻が流れやまない床《ゆか》濡らすまでに

フランスでは鼻腔《びくう》を靈が通るたび鼻汁が出るといふらしいのだが

まるでレティサンスのやうに一日《いちにち》の業《わざ》の中断　正午をすぎて

遠雷の音がしてゐる雨もこの武蔵野の屋根をぬらし始めぬ

雨のなかダ・ヴィンチを観に行くと妻。わたしは税を払ひに行かう

関口涼子との共著より構成した。

見知らぬ夜

愛用のペンを「展示」に出した後《のち》朝々削る2Bの紺

魚焼《いをや》いた臭ひを逃《のが》すべく空《あ》けし窓ゆ見知らぬ夜が入り来《き》ぬ

消しゴムを挟む右手の拇指《ぼし》示指《しし》のほのかにあかく朝光《あさかげ》の中

静脈の浮く手背《しゆはい》もて覆ひたることいくたびぞこの書閉《ふみと》ぢて

短夜《みじかよ》のしらしら明けに読み了《を》へぬ妻から借りた『多崎つくる』を

雨傘を日傘とさしてゆく巷《ちまた》今日こそ人に迫らねばならぬ

詩人関口涼子との共著より構成した。

蒼
犀
？

母校つて　アンビバレンツな存在だ　さういへば母《はは》つて常にさうだが

誰がそして何がわたしを起こしたのだらうか枕上卓《ベッドサイド》の蒼犀？

あかつきの夢のさ中でわめいてゐた遠い昔の友どちの声

カーテンの鎧戸《よろひど》を少し明《あ》けてみるときにもやもやと今日が始まる

暗く重い夢のなごりが少しづつ晴れていく中入れ歯を洗ふ

卓上の数冊が犀、突かれつつ始めの終り、終りの始め

関口涼子との共著より再構成した。

夢と現実

マーケットに深夜あつまる人の中《なか》老若の男《を》の子ふゆるこのごろ

私といふこの肉体がつくばひて許しを乞ひし昨夜《きぞ》のことあはれ

寝ねぎはに語りしことがよみがへり来るとは今朝を此岸《しがん》といはめ

直腸の入り口あたりを意識してありし一刻《ひととき》霏霏《ひひ》と降るもの

奇妙だがさはやかな夢大広間に家族十人夕餉《ゆふげ》とるところ

梅雨の夜にわれの葬儀を主宰せし首太き若き男　マルセル

関口涼子との共著より改作した。

祝受賞

樋口《ひぐち》覚《さとる》の書《ふみ》を読みつつ眠りたる一夜は明けて細き雨降る

関口さんヴィラ・メディチ賞受賞との嬉しき知らせ来たりし昨日《きのふ》

結社「未来」を法人化する会議から帰つて来たら来てたＦＡＸ

心より祝ふと共にローマ滞在一年といふ賞をうらやむ

『カシオペア・ペカ』が届きぬ開き見て思はず〈ウッ〉と声つまらせる

この書名はわたしの知識の外《そと》にある先づ本文を読む外あるまい

関口涼子との共著を一部改作した。

友どち

友どちのまた友どちつて厄介だ。友どち河《がは》の向かうの川みたいに

流れてるのは見えるけどその水は僕のところまで来ることはない

何故《なにゆゑ》かれらはぼくの領海でピンポンなんぞ遊んでるのか

不快になり〈止めよ去れ〉とぞ去らしめし後《あと》ははそはの母あらはれぬ……。

帰つたよ〈聞こえてた・帰したのね〉と母は言つてた

父のみの父は何《なん》にもなくなつた芝生でゴルフボールころがしはじむ

関口涼子との共作より改作した。

◇

大腸内視鏡検査即《そく》手術前厚い詩集が砂鎖佐些《ささささ》と来た

まづは函《はこ》・表紙・扇が美しい。そこ過ぎてこそ言葉！　奇危紀軌《きききき》

わたくしは直腸へ到る肉襞《にくひだ》を窓と冬雲に重ねてみたが……

家妻《いへづま》は年賀状にて青い蒼《あを》いケンタウロスを刷《す》りいそぐなり

二万人を超えたる人が「静」の御題《おだい》で歌会始《うたくわいはじめ》へ。咲けよ梅たち

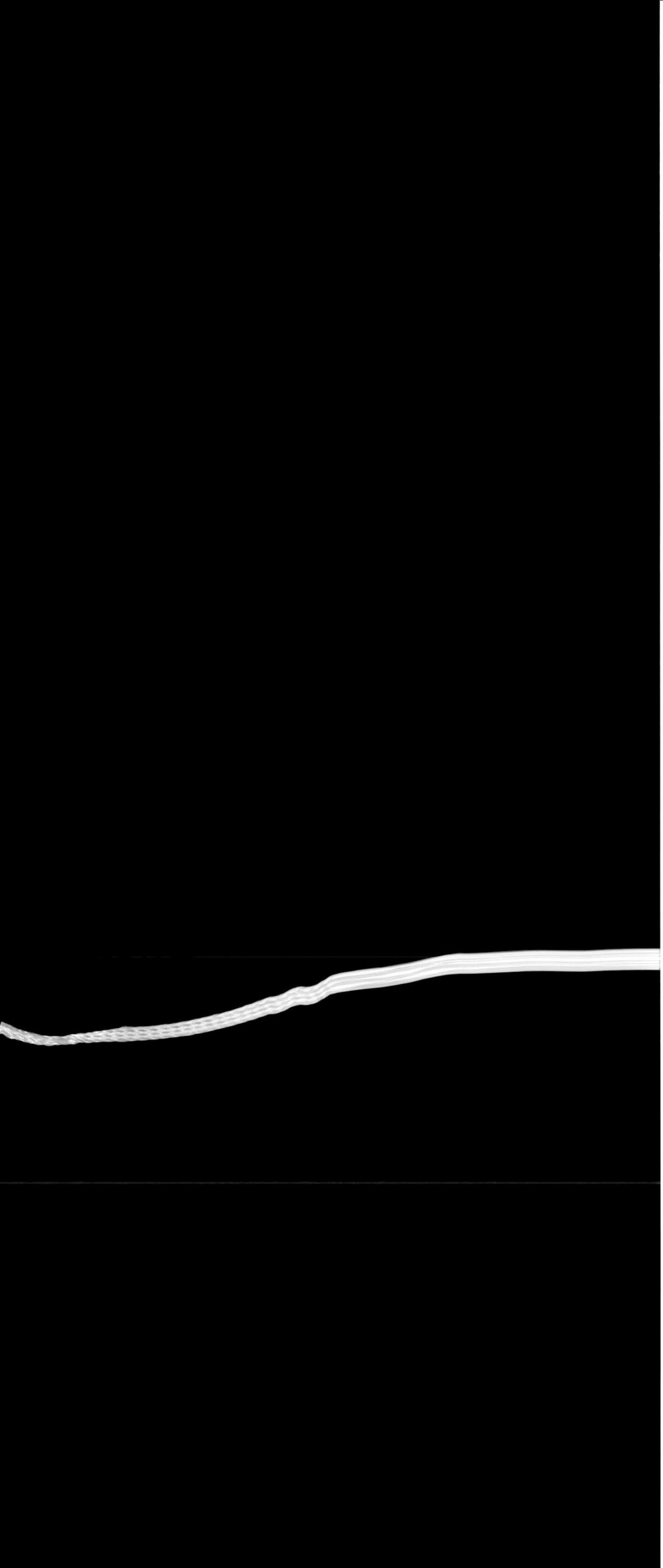

羅馬《ローマ》とふ馬の足より湧く泉。午年《うまどし》をこそ祝ひてやまず

関口涼子との共著より引用改作

門番とぼく

正午には門は開きますよと告《の》らす草の繁りに励まされつつ

門番は細胞《セル》の核《ニュークリアス》に餌をやりつつ僕はチョコバーを舐む

噴門《ふんもん》の噴く水は口にまで来て門番は細胞《セル》飼育《しいく》ばかりだ

しかし、なあ、門は正午にひらくつて安うけあひはあぶないよ、君

それはそれとして舐めてるチョコバーは口の中にて溶ける静かに

門はゆつくりと開《あ》きつつ門番の君は見送るだけだとしても
ぼくといふ無名のものも夕べには確かに門をくぐるのだらう

ポインセチアに捧ぐ

夜は性別では女性。暗くまた美しくある、どこかほのかに

かと言つて昼が直ちに男かと言へば男は怒るだらうよ

野菜ファースト。ブロッコリその次は／オクラ、人参、はたまた大豆

五分《ごふん》噛め！　やがては夜が来たるらむその連れ合ひの黒牛を率《ゐ》て

見おろしてゐる君のその花びらの赤、葉のみどり、嗚呼《ああ》あざやかだ

そして花そのものは銀そして金にかがやく、嗚呼《ああ》つつましく

君はただ見てていい役《やく》。昼がただ夜を喜び恋ひしたふのを

唄とノルマ

室内のフロア歩きのノルマでは「箱根の山は」を唄ひつつ行く

でなければ童謡「ずいずいずっころばし」。さて胡麻味噌《ごまみそ》ってどんな味？　らら！

外に出て公園内の冬草を妻と踏むのもすくなくなりぬ

左脚《ひだりあし》つねによろめく。弱いんだなあ昔から左よわ虫！

冬草のかげのふかさは大好きなぼくではあるが草はすげない！

胡麻味噌を唄ひ「うしろの正面」のあなたを想ふ、実はノルマで

主治医らが歩けと告《の》らす故《ゆゑ》歩く「箱根の山」も「六里の岩」も

便座考

肛門《アヌス》にはほど遠からぬ、否直《いなす》ぐの、あたたまりゐる便座恋ほしも冬庭の底の底にてあたたまりゐし憶《ああ》、便座！不《ふ》不《ふ》！　その温《ぬく》さ！

フロイドの性欲説の肛門《アヌス》期《き》をここで便座につなぐなどてふ

考へは、憶《ああ》！　僕もまたしたくないのだ、なぜっていへば

遠き日に母の家にてあたたまりゐたる便座の恋ほしさゆゑに

今夜《こよひ》またつかむ軟便《コート》も作られし食材の憶《ああ》！　果《は》てかと思《も》へば

つかみつつ、探るのだ、その軟便を。或いは便座そのものをさへ

死について

死について語り合ふこと多し。死は生の完結なりやそれとも？

さうだよと吾妻。「死」は次代へとつなぐ可能性、いな。

死のむかふ側には暗い青空が無数の傷を産んでかがやく

死つてさ、私が話題にしないのが不満だつたと吾妻はなじる

死つてさ、それは深いよ底知れぬ青空か暗い月夜だ

新型コロナウイルス感染死が来たらごろりと眠り「死」に挨拶す

話し合ふ家妻。〈死〉は性別で姫《ひめ》。でもよかろ！　ごろりと眠る

死について（続）

久保忠夫氏は文学の研究の師であるがその妻君の／蕪村研究の、そのふかさつたら

とはいへど九十を超えわたしと共に生きてゐる、ルルル

リリリ、羅々羅、ロロロココロ余《よ》なんてつちやつて、手手手きンイロ

そらくらぐらと青く月より丸く沈みてのうよしや

つて新型ウイルスさんが大越しだは、はや死ってのが仇《し》つ仇《し》つて来て

死がうしろ姿でそこにゐるむかう向きだつてことうしろ姿だ

ああこんなことつてあるか死はこちらむいててほしい阿婆世《あばな》といへど

II

開業したばかりの駅へ　軍服の鷗外が向かつた頃だ　あけぼの

小さな旅の旅支度

旅といっても大旅行ではない。今週末にも大阪と京都へ行くが、半ばは仕事がらみである。のんびりと、非日常の世界に遊ぶということがなかなかできなくなった。あるいは、もともとわたしは――あるいはわたしたちの世代はといってもいいかも知れないが――遊ぶことが下手である。遊ぶより、仕事なのである。旅行にしても、仕事がらみのそれの方が、自分の気分に合っている。

この週末に、大阪へ行く。その翌日は京都へ行く。どんな服を着てゆくか。靴はどれにするか。帽子はかぶるとしたらどれにするか。それも、むろん、考える。

当日の関西方面の天気はどうか。テレビで予報をたしかめる。もう何日も前からそうしているが、春先の不安定な季節で、予報では雨になったり、曇りになったりだ。傘は当然持っていくことになろう。

足もとが心もとなくなっている老人であるから、家妻が付き添ってくれる旅なのである。三鷹駅のビューへ行って、ホテルを決めたり、新幹線の往復の切符を買ったりする。地図やダイヤを調べた上で、家妻がビューへ行って買う。大阪では大阪大学の吹田キャンパスへ行く。未知の場所なので、これも地図で確かめる。大学からは何回にもわたってファクスが来て、時間や場所の打ち合わせがあった。

こういうのも一見すると仕事のための旅みたいだが、心の中では、未知の場所へ行く、ほのかな愉しみがある。そこまで行く経路を想像しながら、出来ればタクシーで直行するのではなく、バスや電車で窓外の景色を愉しめたらなあなどと考える。

京都の方は、昔よく通った勤務先のある町なので、記憶の中の駅の風景などもぼんやりと浮かんで来る。それでも、わたしが行く歌会の場所は、未知の場所。するとそこへの経路には、意外な風景がひろがっているかも知れないではないか。

今のところ、大阪も京都も、雨の予報である。雨具も用意しなければならず、靴も雨用になるだろう。

まだ、キャリーバッグに入れていく薬、文具、本のたぐいも決まっていない。こまごまとした配慮の末に、あとで「しまった」と思わないように、気をひきしめて旅支度をするつもりだが、旅というのは、どんな小旅行でもハプニングのおきる可能性を避けられないものなのだ。

採集でなく栽培！といふ声がする
古き大地ゆ
雨の匂ひて

雨の匂ひ、ソネットと反歌三首

隅田川の河口に近づくと海が匂ふよと無性に下町情緒をしたつた杢太郎
あれはひよつとすると海ぢやない　江戸の雨の匂ひだつたのかも知れない
たしかに江戸だつて異邦だつたのだ明治の末ごろには
佃《つくだ》の渡しから見渡せるメトロポールは旧外人居住区跡に建つたホテルだつた

先日キャリイバッグを曳きながらカラヴァジョ展を観てから
亀《かめ》の鳴く都美術館まで足を延ばして伊藤若冲《じやくちゆう》へ寄つたら匂ふんだね
江戸は葡萄小禽図襖絵《ぶだうせうきんづふすまゑ》の細い蔓の先からでも松鶴図襖絵《しようかくづふすまゑ》の鶴の脚からでも
しめやかな雨の匂ひが漂つてくる

それに比べると悪党画家カラヴァジョの画くバッカスの膝下《しっか》の果物からも
マグダラのマリアの半ば閉ぢられた瞼からも組み合はされた指からも
エロスの芳香はきこえても雨が匂ふつてことはなかつた

あれつ今木下杢太郎が飲んでゐた珈琲《カフエエ》は「若《わか》い珈琲」だつたのか「苦《にが》い珈琲」かと
質疑がどこからかとどいて一気に江戸つぽい雨の匂ひが隅田川河口から
海霧と伊豆行きの汽笛の中へと逃げてゆくのは誰にもとめられないのだ

反歌三首

できるだけ答へはおそくする工夫　頰には微笑　眉にたてじわ
河口ではあなたは女雛《めびな》　わたしはといへば雨つぶの王様になる
いやあ　君と並んで雨に濡れるのは刀身《とうしん》を抱くみたいなものよ

安藤礼二著『折口信夫』を読みつつ

『折口信夫』どつしり座る机上まで珈琲よ来よ香りを連れて

郷里で珈琲タイムを

わたしは、名古屋出身の歌人である。

昨日、名古屋の観光文化交流局文化振興室のYさんと、その仕事の企画実行の補佐役らしいK夫妻が、はるばる東京都武蔵野市のわたしの近くの某ホテルのラウンジまで来られて、名古屋市の企画している「やっとかめ文化祭」の一環である「ナゴヤ面影座」に出演するように話をもって来られた。「やっとかめ文化祭」の「やっとかめ」は名古屋弁で「久しぶり！」といったところだ。「ナゴヤ面影座」というのは「内外からの知を集結し、継続的にナゴヤ学を構想するための〈座〉を建立したい」とうたわれている。わたしは一九六三年「木曜詩信」というハガキ通信の週刊誌を創り、その中で「名古屋よ／わたしは愛する　もはや地上にはない原《ウア》名古屋を／／名古屋はそびえ、わだかまるのだわたしの現在に　無名の非実在の聚落として／／やさしげな旧いウアナゴヤよ／ナゴアブルグ／ナゴアンスタットよ」と歌ったことがある。UR《ウァ》は旧いという意味。ブルグもスタットも市を意味する。昨日来られた三人の名古屋人は、このウアナゴヤから企画の名を付けられたようだった。「ナゴヤ面影座」の第一回として「風の旅、円空の歌」という企画をくわだてられたのだ。それは名古屋市中川区荒子町宮窓一三八に実在する荒子観音寺に残存する一二〇〇体を超える円空仏、護法神像または木っ端仏、つまり一片の端材から生まれた小さな仏像の群れをタネにして海と山のあいだを疾走し旅に生きた円空さんの生き方に結びつけながら、ウアナゴヤの意味合いというのかなあ、それを、この秋、イシス編集学校校長の松岡正剛さんとわたしとで対談しながら語れというのだよなあ。のみならず、此の「ナゴヤ面影座」は八回を予定し構想しておられるというのである（はたしてわたしの年齢を何歳だと思っておられるのであろうか）。しかし、わたしは昨日此処まで来て熱心に話される三人の構想をきいているうちに、なんとなくウアナゴヤに奉仕する気分にもなってきたのだ。企画実行役のKさんは夫妻で名古屋市天白《てんぱく》区で「番器」という名の茶房をいとなんでおられ、夫のKさんはイシスで松岡さんに弟子入りして編集工学を学んだことがあるというではないか。昨日夫妻は、自分のお店から、タンザニア原産イタリアン・ローストというコーヒーとブラジル産カップオブエクセレンスというコーヒーとをドリップフィルターつきで、珈琲タイム用に下さったのだ。感謝！　感謝！

美しい夢みて眠る　まどろみつて呼ぶには深すぎる眠りだ

まどろみの鬼

まどろむ　といふのは
そのあとに　目が覚めるといふこと
まどろむまへの世界が　すつかり別のものになつたりしてゐる
あんなにいやな世界が
ほんのすこしづつだが変つてしまふ
まどろむことで救はれる
といつたつてその救ひは例によつて浅い
短い救ひだが　それでも
ないよりはいいさ
歌を作つて提出するとひどい批評がくる
忘れたくつて眠る　ほんの数分のまどろみ

志をうしなつてしまつて茫然としてゐる
そんな海からだつて花が拾へる
まどろみは浅いからいい忘却
ごはんの上に濃厚な魚を置くな
ごはんのあのあさくつて土の匂ひがする
昨日の世界みたいな味が
まどろみのやさしい手つきによつて
消えてしまふ　そして
朝日や夕日に照らされた断崖のやうな
きはめてごつごつした今日が
まどろんだ数分のあとに
鬼のやうに立つて手招きする
まどろみつて　そんな奴《やつ》なんだ

呟きは　心の中の　側溝をしたたり落ちる水にかも似る

木下杢太郎の夏

木下杢太郎は医師であり詩人であつた
木々の緑そのものでありつつそれを歌ふ声でもあつたが本人はある日緑葉に徹する
　ことで
歌ふ声を失つた

批評家たちは昔の杢さんをなつかしみ
今声を失つたかれをあはれみ
ある場合には嘲笑する声も聴かれた
杢太郎（大田正雄）はさういふ人に向かつて
呟く外なかつたのだ
側溝をぽたりぽつり落ちる水、それは然し

意外に清冽なのだ

大声をあげて、しかも「呟く」ことはない
小さな声は少数派の主張と同じだ
きらつきらつて輝きながら落ちてゆくのだ

反歌
石の上に石竜子《とかげ》が出てる　その舌は日に輝いてゐるが無言だ
阿部昭恵夫人が語りやまないのは「つぶやき」の樹を忘れてるんだ
夫黙り妻が呟く　しかし若《も》し二人呟けば青空が来る

Ⅲ

「未来」八〇〇号のために

八〇〇号までの歩みは、和合の歴史でもあり、はげしい競い合い、ある意味で闘争の歴史でもあった。創刊同人の一人として、近藤芳美の門下生として、それは苦しい歳月であると同時に、生き甲斐のある歩みであったと思う。その後、わたしの門下にもすぐれた人材が輩出して、短歌界に大きな刺激を与えつづけて今日に到っている。それが「未来」の伝統ともいえる。しかし、時代は大きく変化して来ており、文学芸術の意味もだんだんうすれて来ている。皆で考え合って新しい「未来」を作っていかねばならない時が来ている。

（2018年9月号）

編集後記

❖わたしの病状は、前回ご報告したのとほとんど変らない。毎日がノルマの実践に明け暮れている。しかし、いずれは「未来」の選歌や作歌などの仕事にもどらねばならぬ。そのためのユーブング（練習）のため、いくつかの仕事を、時間をかけてやっている（「近藤芳美賞」もその一つだ）。

❖たくさんの詩集、歌集、評論集や研究書が毎日のように寄贈される。雑誌の特集もある（一例をあげれば、江田浩司さんの特集など）。いずれも刺戟的だが、わたしはそれに、直ぐに真向かうことはできない。まことに残念だ。ただ、日記に、感想やメモはつけることがある。これも復帰のための準備ともいえようか。

❖多くの会員の方から、おはげましの言葉をいただいています。感謝の外ありません。また、黒木三千代さんには、代選していただいているだけでなく、NHK学園の仕事を含めて、ふかく支えられている。

❖次回の主治医の診療日は、陽和会は十二月、日赤は一月だ。さまざまな検査もおこなわれる。来年の一月には、胃切除術後一年を迎える。老身のため、回復はおくれているにせよ、何らかの見通しは出るだろう。わたしはひそかにそれに期待している。

（2019年1月号）

❖会員の方々の中で、最近、新しく歌集を出された方とか、「現代短歌文庫」に第一歌集などが収録された方などがあって寄贈されてます。すると、わたしが帯文などに関係をもっているので、わたしも嬉しいしお祝い申し上げる気分になります。

❖この点は、最近歌壇で話題になっている歌集（例えば、加藤治郎氏や穂村弘氏の新歌集）についても同じことで、わたしとしても積極的に批評したい気分になります。

❖しかし、いずれの場合も、今のわたしにはそれが出来ません。なぜなら、胃癌による胃全摘術後の状態が、それを許しません。術後一年を過ぎ、経過は順調というものの、九十一歳の老人で、睡眠・食事・運動などのノルマに従って生活している人は稀な例だと（主治医は）言っています。してみると、わたしと同じような体験をしている人は稀少なので、なかなか理解とか共感は得られないでしょう。

❖「未来」の選歌は、もう長い間、黒木三千代さんに代選していただいています。ありがたいことです。いつになったら、わたしに選歌の仕事ができるようになるのかは今のところ、予定が立てられません。しかし、復帰できるとすれば、その時に、同時に、新しい巻頭作品も作ります。また、散文による評論も書きましょう。それらは同時に復活する筈です。わたしにとって、最優先すべきは、あくまで闘病生活です。会員の皆さま、どうかこのことをご理解下さい。

※わたし（岡井）は、若いころから、生真面目で、いわゆる〈遊び〉を知らないところがあると自覚していました。が、今のような苦しい状況では、なにか愉しい〈遊び〉ができたらと思います。音楽は聴くだけで楽器はいじらず、絵は好きだが上手ではない。ホイジンガ流に考えれば、人のすることは戦争すら〈遊び〉。人はホモ・ルーデンス（遊戯人）となろうが、最晩年に到って、本を読む外に、なにか〈愉しいこと〉はないかなと、いろいろ試みているところです。「遅かりし、由良之介」ってところです。

（2019年2月号）

※私（岡井隆）は、一月の拡大編集委員会の報告を受けながら、「未来」の、これからの在り方について考えました。「未来」は八〇〇号に及ぶ長い年月を生きて来た結社ですから、その歴史の中でも試行錯誤がありました。自分たちの親しい仲間で、結社内に同人誌を作って愉しむなどというのはよくある現象です。そのことが母集団である結社（「未来」）に何らかの変化を生むかどうかは、斬新で強力な若い世代の存在が必要でしょうが、見たところ歌壇にもそういった動きは（少くともわたしには）見えません。

そういう時代なのだともいえます。

❖紀野恵さんに次ぐ、新しい選者についても、わたしに考えがあり、編集部と相談しています。東京近辺にかたよらないこと、年齢層も若いことなどが条件です。ご本人のご意志をたしかめてからお願いするつもりです。いずれにせよ、急ぐ必要はありません。ゆっくり考えて今年中に決めましょう、と編集部には申し上げています。

❖私の闘病生活の具体的な報告を文章にしてみせて欲しいという要望が、編集委員の一人から出て、賛成する人が多いとききました。書けなくはないし「わが詩と真実」(ゲーテを模倣した)という日記調の下書きはあります。元内科医の私は自分の排泄物についても割と平気で書きますが、人に不快の思いを与えるのだとすれば、何かよい書き方ができないものかと考えます。二頁ぐらいのものを連載してもよいがとも考えています。

❖黒木三千代さんに代選をお願いしてからもう一年をこえています。代選するという立場のむつかしさを思うと本当によくやっていただいていて感謝の外ありません。選歌される側にも、作品に手を入れられることを喜ぶ人と、クレームをつける人(少数ですが)があり、その件については黒木さんと相談しながら、わたしの考えを申し上げたりしています。

※わたしが就眠読書にしている本には新約聖書（文語訳）があり、何回目かで今「ルカ福音書」を読んでます。鈴木孝夫著『教養としての言語学』（岩波新書）があります。目のさめる様な記載がこの本にはあります。詩人西元直子の『くりかえしあらわれる火』も物語詩の面白さと、女性の詩のフィクション性になぐさめられています。しかしこれらの本も寝る前十分か二十分読むだけで、すぐに眠ってしまいます。それぐらい睡眠への欲求は強いのです。九十一歳という身体は運動より睡眠を欲します。

（2019年3月号）

※岡井です。今回は、自分のことを先に書くことをお許しあれ。この号の巻頭の七行に出した短歌は、詩人関口涼子（在パリ）との共著『注解するもの、翻訳するもの』（二〇一八年九月三十日思潮社刊）にある、たくさんの短歌を適当に組み合わせたもの。本は大判（27㎝×17㎝）で、内容は二〇一三年九月から二〇一四年八月まで「現代詩手帖」に連載されたもの。随って時期としては今回の闘病生活とは関係がない。歌に出てくる一日市は、岡山県東部吉井川沿いの町。

※わたしが就眠読書に読んでいる『教養としての言語学』（岩波新書）の著者鈴木孝夫氏にしても、『日本語の歴史』（岩波新書）の山口仲美氏にしても、言語というものをず

い分と深いところまで掘りさげている。「未来」で、研究論文やエッセイとして見かける若手の文章には、わたしの見方がわるいのかも知れない、文化として言語をとらえる態度が弱く浅いように思えてならない。鈴木孝夫や山口仲美の本は、すぐに手に入るものだし、ぜひ、文化としての言語のとらえ方の深化を望みたい。例えば、オノマトペ論一つとっても、文化としての言語の立場をとれば、ギリシャ語の原義までさかのぼって深まるだろう。わたしは「未来」の若手（といっても四、五十代を含む）はそれのできる人たちだと思っている。

❖そういう議論の対象としては、まさにうってつけの歌集が最近出た。藪内亮輔氏の歌集『海蛇と珊瑚』（角川文化振興財団）である。この本には永田和宏の解説があり、帯文は岡井が書いた。藪内氏をがっしりと眼前にとらえて、「未来」の若手たちが自分の行方を考えてみてほしい。むろん、藪内氏と共同する作業をになってもいい。

❖一年経って、私は青色申告会へ、家内と共に出向いて税申告の作業をした。本当に久しぶりに長く歩行し、パソコンを前に作業する女人と話しながら、すっかり減ってしまった収入、そして胃切除術後の生活を説明したりする。そうした他者との会話というのは、闘病生活以来、久しぶりのことだった。しかし、会話しながらも同一の姿勢は三十分以上とってはいけないので、急に立ち上って、申告会の中を歩いた。そうした闘病のノルマは守らねばならない。家内が支出についてのリストを前に係りの女人（職員）と話し合っている時も、私はゲップ等のガスの排出はとめなければいけない。ほそぼそとでも文筆業が続く限りは、青色申告会へは来年もまた来ねばならないことが決まり、そのころには、わたしの「未来」の新しい作品やら文章やら選歌が出来るようになることを深く祈ったことだ。

（2019年4月号）

※わたし（岡井）へ戴いた歌集では、吉田恭大《やすひろ》さんの『光と私語』（いぬのせなか座・二〇一九年三月十九日発行）が問題性をはらんだ歌集だろう。藪内亮輔さんの『海蛇と珊瑚』（二〇一八年十二月・角川書店刊）に匹敵する。どちらも「塔」の会員で年齢も共に、三十歳だ。ある意味で対照的ともいえる両書を、たとえば「未来」の笹さんや黒瀬さんはどう読むのか。江田さんはどう考えるのか、訊いてみたい気がするのだ。

※『光と私語』には、早稲田短歌会の先輩である堂園昌彦氏と、ニューウェーブの荻原裕幸氏の解説（?）がのっているが、読んでみてすっきりと納得がいくわけでもない。自分でぶつかってみなければどうにもなるまい。吉田氏は職業として「ドラマトゥルク、舞台制作者」と書いている。本の装釘・本文レイアウトも、藪内氏と違っている。わたしは、この両書についても積極的な発言をする体調にはないが、「未来」の

若手（男女を問わず）の印象記は、読んでみたいと思っている。手前勝手かなあ。

❖黒木三千代さんには、代選をしていただいて感謝に耐えない。黒木さんは、NHK学園短歌講座でもお世話になっているが、ファクスやハガキで連絡をとり合っている。大阪のカルチャーなどへも行っておられてわたしとの連絡が前後することもある。「未來」の未来についてもお考えをきかせてもらったりしている。わたし自身が、すべての面で積極的に取り組めないのに、妙に出すぎた相談をするのもいかがなものかと思いつつ、その割には突っ込んだ提案をしているところだ。

❖わたしが胃癌による胃切除をうけた武蔵野日赤病院で四月九日に受診し血液検査を受けたところ、担当医（術者だった）が他院に転職し新しい医師になっていた。その医師は礼儀正しい人で出身校名まで言って「どうぞよろしくお願いします」と挨拶された。わたしの経歴も知っているかのような挨拶だった。わたしが毎日苦労している排泄がいつ正常化するかという点については下痢止めは使わぬがいいという点で意見が一致した。やはり九十一歳という老齢は作用している。検血の結果は前回通りで、経過はいいようだ。ありがたいことだと礼をのべて引きさがって来た。

❖わたしの今月の巻頭作品は、関口涼子（詩人）との共著『注解するもの、翻訳するもの』の中の、わたしの短歌（連作が多い）から任意にえらんで構成した。中に出てくる「黙読＝レティサンス」とは、修辞法の一つで「文の流れの途中でとつぜん中断し、立ちどまることによって成立する。」われわれもよく日常生活で使うではないか。いわゆる「言いさし」で黙るって奴。言わないことで言うよりもたくさんのことを相手に伝えるってやり方だ。

❖角川書店の「短歌」に連載していた「詩の点滅」の続篇とか。「季刊文科」に連載していた詩論とか、頭の中には、書くべき本の名前も入ってはいるが、本当に書くことが出来るのか。例えば西元直子、斎藤恵子といった女性詩人について重い詩論が書けるのかどうか。闘病の現状にすべてかかっている。

（２０１９年5月号）

❖黒木三千代氏に代選して戴くようになって一年を越えている。ありがたいことだ。その間にも私の指導を求めて「未来」に入会する人が絶えない。若い人ばかりではない。また女性ばかりではない。「未来」は主宰者を置かず複数選者制で組織を更新して来た。多分、来年始めごろから新しい選者を加えることになるだろう。とりあえず「未来」の未来は、そこから始まるだろう。

❖私には胃癌による胃の亜全摘術をうけてから、医師から与えられたノルマとして食事、排泄、睡眠、運動がある。中でもわずらわしいのは排泄（大の方）である。また毎日努力せねば達成できないのが運動（歩行）である。室内でリビングから寝室まで十数メートルを、唄をうたいながら歩く。唄は「箱根の山は天下の険」だったり「蛍の光窓の雪」だったり。「夕焼小焼のあかとんぼ」だったりする。それを腹に力をためて大声で歌う。本当は、すぐそばにある中央公園を歩ければ理想的だが、それは家内につきそって貰わねば、転倒の危険があるのでいつもやれるわけはない。代理として室内歩行（凹凸のないフローリング）を歩く。これさえ、気力を失っているとやれないのだ。なさけない次第だ。

※巻頭に掲げた六首の歌は、詩人関口涼子氏との共著『注解するもの、翻訳するもの』から採った。一首目の「展示」とは二〇一三年三月名古屋市の「文化のみち二葉館《ふたば》」（文学館）で開かれた「岡井隆の世界展」である。五首目の『多崎つくる』は、『色彩を持たない多崎つくると、彼の巡礼の年』（村上春樹）である。ついでにいえば、私は村上春樹の小説は初期のものからすべて読んでいる。などとえらそうに言うまでもないが。六首目の歌「人に迫」るというのも、人に自分をぶつけて自分の考えを確かめるというのなら「迫」るなんて強い言葉は使わない方がいい。たくさんの人たちの寄せて下さる言葉のありがたさが、このごろ身にしみている。

※注意されたので、このごろおこたっていたステッパー（踏み台昇降運動）を（一日二

回以上）始めた。筋トレには何よりもいい運動である。ノルマの一つ、運動の大事な一つである。

（２０１９年６月号）

※黒木三千代さんが選後評の中で、言語学者鈴木孝夫氏の『教養としての言語学』に触れておられた。鈴木氏は亡くなられたとのことだが、私は訃報を読み損なった。世が世なら鈴木先生は、（新書版の啓蒙書ではなく）全集か全著作集が出ていていい人である。今、岩波書店の「文学」や、他社の「言語学」はじめとして専門の雑誌の休刊や廃刊が続き、研究者のまともな論文が読めなくなっている。私のところにはそうした専門雑誌もいくつか残っているし、ソシュールを始めとする西欧言語学者の本も並んでいる。比喩表現についての事典や、『意味の意味』のような有名書もある。「未来」のオノマトペ論をみていると、鈴木先生のような観点から日本語に特有のオノマトペのさかんさを考えるといった底の深さが少ない。たとえば、『日本語の歴史』の著者山口仲美氏にしても、オノマトペ論のスペシャリストなのである。私のところへは黒木さん以外にも、鈴木先生の本を面白く読んでいるといってくる人がある。

※私の今月の歌は、詩人関口涼子さんとの共著『注解するもの、翻訳するもの』から再構成したものだが、たとえば「蒼犀」をどう読むのといったことについては、なに

も注釈を加えないで読者にまかせた。
❖私の闘病の日課は、相かわらずで、烈しい下痢などはもう全くないが、軟便は定期的に続いている。これがあと半年続くのか一年続くのかはわからない。ただ、黒木さんの代選も、ある時期には、終りにして、私が選歌することになるだろうと覚悟をし始めている。そうなれば、「未来」だけでなく他誌へも文章か歌を出すことになるだろう。昔ほどさかんではなくても、一人の歌人として発言することになるだろう。そうなった時、何か新しい私が生まれるかどうかは、天に祈る外あるまい。

（2019年7月号）

❖以下、岡井が書く。米田律子さんの訃報につづいて、星河安友子さんの死のありさまが姪の方から寄せられた。九州からは、六月二十日に山埜井喜美枝さんが亡くなられ、その通夜の様子を「とても美しいお顔でした」と言って来られた。昔、石田比呂志さんと山埜井さんが「未来」会員として東京に居たころのことを思いだした。
❖わたしの見る夢の中には死者がずかずかと入って来て、いろいろな忠告や提案をわたしの現実にむかってもの言う。吉本隆明さんや塚本邦雄さん。父の岡井弘（アララギ会員、工学士）もいるし、中学時代の親友のOもいる。O《オー》は東大から外務省へ行き環境庁長官をつとめた。京都精華大学学長の笠原芳光さんもいる。夢の中は死者で満ちあふれている。

※わたしの病状は相かわらずであるが、七月に検査、診療をうけた結果、九月に精査することになった。糖尿病の悪化があやぶまれたりしている。胃切除術後一年半たつがさまざまの病状がなお残って心身をくるしめている点は、変っていない。わたしなりにノルマを果たしながら、毎日をすごしているところだ。会員皆さまのお励ましと黒木さんに感謝しつつ。

（2019年8月号）

※わたし岡井が今、そこから（改作を加えながら）「未来」巻頭に発表している『注解するもの、翻訳するもの』（岡井隆、関口涼子による共著）（思潮社刊）について、「現代詩手帖」（二〇一九年八月号）で「小特集『注解するもの、翻訳するもの』を読む」が組まれている。江田浩司氏が「詩歌人にとっての至高の書」（二頁分）を書いている外に、日本近代文学、比較文学の学者鈴木暁世氏が書いている（六頁分）。もう一人、外山一機氏が書いている（四頁分）。鈴木暁世氏、外山一機氏は、共にわたしの知らない方だが、わたしの推定するところでは、鈴木氏は中年の女性であり、外山氏は若い（三十代ぐらいの）男性のようだ。「コノシロ」についての感想が、この両者で微妙に違っているよ

うにみえる。わたしには、そのあたりのところが参考になった。ただし、わたしが今、数か月にわたって「未来」誌上でやっているのは、この本（岡井と関口氏との両者）から、短歌をひっぱり出すことだった。一見すると詩歌論集みたいに見える本から作品をつむぎ出しているという作業だ。

❖たとえば、今月の「祝受賞」七行でいえば樋口覚と関口涼子という人名は、「口」を共有（しかも二字目に）音階（韻律）の上である悦びをもたらす（のではないかと勝手にわたしは考える）。そして、わたしの知っている樋口覚氏は（病名が何かは不明だが）或る日を境に、この世に在りつつ、居ない存在になった。存在と非在。この二つの人間の状況を、リアリズムによって言いあらわすことは、わたしがこれまでやって来たことだから、新しい試みとはいえないが、それを、（言葉の意味によってではなく）言葉の音《おと》（韻律）によって暗示してみようと思ったのだ。

❖関口涼子さんも、今回の五行で、その受賞をお祝いしようとしたのだが、それも言葉の意味によってではなく、例えば、「カシオペア」と「ペカ」に共通するP《ピィ》の音によってシンボリックにつないでみたのだ。カシオペアがギリシャ神話の美しい王妃を指しているのか、星座カシオペア座を指しているのか、どちらでもよい。ペカも、ペカンという植物の実《み》を指していると一応考えてみても、あくまでこの詩ではP《ピィ》の音（韻律）が大事だとうけとっていく。この六行では、わたしの知識（言葉の意味についての知識）を超えているのを、逆用して韻律の世界へすべてをもっていったのだ。

※八月の陽和会病院の検査と診断で、わたしの老人性糖尿病は一応治癒しているとされ薬がなくなった。これはよい方の結果だった。血圧は安定している。あとは下痢も一応おさまっており軟便による直腸または結腸の排便を耐えていくことだ。これはまだ一年以上続くだろうといわれている。わたしは、皆さんに励まされながら、黒木三千代さんに代選をしていただきながら毎日の闘病生活を続けていかねばならない。その中で、短歌について考えたことを、今回は、書いてみた。

※「未来」は、一九九五年七月号より会費の値上げをしておらず、編集会でも再三話題になって来ていた。この度八月の編集会において十月の増税を機に会員の皆さまにお願いし、結論として来年一月号よりの値上げを実施することに決定した。もっと大幅値上げ案も出されたのであるが、充分な議論の結果である。

六か月一一〇〇〇円、一年二二〇〇〇円である。会員の皆様にはご負担が増すが、なにとぞ、ご協力の程お願いしたい。

詳細については次号にてお知らせする。

（2019年9月号）

❖米軍占領下の母国で（七十年前の話だが）母校の旧制高校生の友人達と名古屋市天白《てんぱく》区八事《やごと》天道《てんたう》の父の家に住んでゐたころのことをとてもよく憶ひ出すので、歌にしてみた。丘の斜面に立つ広い社宅だつた。「友どちのまた友どちつて」存在は、およそ僕には関係ないはずなのに遠慮なく此の父の家に入つて来てゐた。その連中はピンポンで遊んだ。それを〈止《や》めよ去れ〉と追ひ出すのが僕の役目だつた。母そはの母は枕ことば付きでそれを知つてた。友どちの去つたあと、父のみの父はゴルフボールをころがしはじめた。昔ばなしにすぎないといへばその通りだが、前月号と同じく、意味よりも言葉のひびき（「ははそはの」「ちちのみの」など）を愉しんでゐる。

❖ついでに先月の後記に注記すれば、鈴木暁世氏は、黒瀬珂瀾氏夫人。アイルランド文学の研究家である。わたしもお会ひしたことがあつた。

❖闘病生活を続けてゐるので、いただいた歌集詩集評論集をこまかく読むことはできない。しかし、今野寿美さんの『森鷗外』（笠間書院、二〇一九年二月刊、コレクション日本歌人選〇六七）を嬉しく読んだことを報告して置く。なによりも評論の文体が、今野さんの個性をあらはしてゐるのを喜んだ。

❖九月末から十月にかけて、陽和会病院・日赤武蔵野の検査と診療があるので、わたしの病状がはっきりするだろう。「未来」の選歌は、まだ当分は黒木三千代さんの代選が続く。黒木さんに深く感謝しつつ、「未来」の未来に夢をもちたい。

（２０１９年10月号）

※巻頭の七行の歌は、いろいろと改作してあります。意味よりも音のひびきを重視している点は、前回、前々回とつづいています。

※今年の終りから来年の始めにかけて、武蔵野日赤の外科でも、陽和会病院外科でも、いろいろな検査、ＣＴ、内視鏡などが予定されたり、考えられたりしています。わたしの病状がより正確にわかってくると思われます。

※黒木三千代さんには引きつづき代選をしていただきありがとうございます。今後共よろしくお願いします。

（２０１９年11月号）

※私の昔の歌集『伊太利亜』の、堀田季何・中川宏子による訳書が話題になっている。ご一見を乞う。

※年末三人の主治医の診察と検査をうけた。経過良好、今のノルマと薬を続けることとなった。黒木三千代氏の代選は当分続く。ふかく感謝申し上げる。

※私の七首はポインセチアに捧げた連作である。

（２０２０年２月号）

※いただいた盆栽には梅が咲いた。『盆栽の初歩』(パンフレット)も戴いた。梅の匂いは、嗅覚老化の私にはわからぬが、さぞ豊かなことだろう。盆栽はポインセチアより重く、棚の上から私を見おろしている。赤い実の木や鶴のいる池もある。
※二月号の表紙デザイン(高島裕夫人担当)はなかなかよく、三月号以降も期待される。
※黒木三千代さんの代選に、ふかく感謝する。

(2020年3月号)

※年末三人の主治医の診察と検査をうけた。経過良好、今のノルマと薬を続けることとなった。黒木三千代氏の代選は当分続く。ふかく感謝申し上げる。
※私(岡井)の作品は、大便《コート》という、誰も扱わぬ事がテーマだ。上品ではない。しかし、胃切除後二年主治医たちの共通の関心事である。なるべく読みやすい方法として「便座考」を書いた。どうか私の真意をお汲みとり願う。
※若い歌人(三十歳)の藪内亮輔氏の歌集『海蛇と珊瑚』(角川書店刊)が、現代歌人集会賞を受賞した。ぜひご一見を乞う。
※もっとまともな生活詠を作って巻頭七首としたいと思うことがある。今日のノルマを正面から書いて、生き方を示す生活詠から新しい表現が出て来たらよいと願うから

だ。

（2020年4月号）

❖岡井の後記です。「死」について家妻と語り合うという形をとってみました。新型コロナウイルスが出てから、青色申告そのものものもどうなるのかと思い、ごろりと眠るように死に行く自分と家妻を思います。

❖私の闘病生活とノルマと結果は変っていません。検査結果は数値も良好ですが、老化のふかまりは生活を不味にしています。

（2020年5月号）

❖黒木三千代さんの代選に感謝します。

❖私岡井の七首は意味よりひびきをとの一連のつづきである。ある意味で「死について」の後篇である。黒木三千代氏にはひきつづき代選していただきありがたく、NHK学園の短歌部門についても引き続き、わたしの考えを代弁していただきたくおねがいします。わたしのノルマは、歩くことを除けば大体はできている。歩くとよろけるが直らない。残念だ。

（2020年6月号）

あとがきにかえて

この歌集は岡井隆の三十五番目の歌集、そして遺歌集となります。岡井隆が亡くなったのは二〇二〇年七月十日、九十二歳の夏でした。

二〇一七年十二月に胃癌による胃切除の手術を受け、それ以降は総合誌などからの依頼はほとんど断っていたそうです。二一年に「未来」編集部によって遺歌集の刊行が検討され、前歌集『鉄の蜜蜂』以降の作品を集める作業をはじめましたが、見つかる作品は思ったよりも少なく、あるいは見逃している作品がまだどこかにあるのかもしれません。

中断ののち再開された「未来」への作品は、再録や改作などの掲載が多くなっていきましたが、二〇年二月号から同六月号までは新作を発表。奇しくも五月号と六月号のタイトルは「死について」。絶筆となった六月号の最後は

ああこんなことつてあるか死はこちらむいててほしい阿婆世《あばな》といへど

という歌でした。歌集のタイトルはこの歌から「阿婆世」をいただきました。ルビにある「あばな」は、岐阜あたりの方言で「さようなら」の意味のようです。岡井が幼年期を過ごした頃の名古屋でもつかわれていたのでしょうか。真偽はわかりませんが、「あばな」という語感は、最後まで韻律にこだわり続けていた岡井隆の遺歌集のタイトルにふさわしいとも思われます。

歌集の構成として、総合誌ならびに「未来」に掲載された短歌作品に加え、書肆侃侃房のPR誌「ほんのひとさじ」での一種+エッセイ、最晩年の「未来」編集後記等を併録しています。編集後記は、病状やその月の作品についての自解など、作品と併せ読むことができ、書き続けることを諦めなかった岡井の、短歌や文章への執念を受け取っていただけることと思います。なお、旧作の改作と思われるものもありますが、岡井隆の判断を尊重してそのまま掲載しました。

作品収集にあたって、各出版社をはじめ「未来」会員諸氏、多くの方々のご協力をいただきました。ありがとうございました。出版をご快諾くださった砂子屋書房の田村雅之様にもあつくお礼申し上げます。原稿のまとめ、構成と校正は田中槐が担当しました。

岡井隆が繰り返し語っていた〈「未来」の未来〉に向けて、この歌集が広く読まれることを願ってやみません。

未来短歌会

二〇二一年四月吉日

岡井隆歌集『阿婆世《あばな》』初出一覧

I

卒寿新年に憶ふ　「短歌」二〇一八年一月号
消化管出血を疑はれし後　即時　「短歌研究」二〇一八年一月号
卒寿の新年　「文藝春秋」二〇一八年一月号
戦後迷犬伝　「現代短歌」二〇一九年一月号
命令と合図　「未来」二〇一七年一〇月号
同伴者　「未来」二〇一七年一一月号
歌集は冬草　「未来」二〇一七年一二月号
随時　六首　「未来」二〇一九年三月号
随時　「未来」二〇一九年四月号
鼻汁、雨だれ　「未来」二〇一九年五月号
見知らぬ夜　「未来」二〇一九年六月号
蒼犀？　「未来」二〇一九年七月号
夢と現実　「未来」二〇一九年八月号
祝受賞　「未来」二〇一九年九月号
友どち　「未来」二〇一九年一〇月号

阿婆世（あばな）

二〇二二年七月一〇日初版発行

著　者――岡井　隆

著作権継承者＝岡井恵里子

東京都武蔵野市緑町二―四―一二―五〇五（〒一八〇―〇〇一二）

発行者――田村雅之

発行所――砂子屋書房

東京都千代田区内神田三―四―七（〒一〇一―〇〇四七）

電話　〇三―三二五六―四七〇八　振替　〇〇一三〇―二―九七六三一

URL http://www.sunagoya.com

組　版――はあどわあく

印　刷――長野印刷商工株式会社

製　本――渋谷文泉閣